잔과 바다

잔과 바다

김감우 시집

시인의 말

시간 너머의 시간이 온다

찰나적 만남

낯익은 목소리가 말을 걸어 온다

낯선 목소리가 말을 걸어 온다

그 위를 타고 오르는 또 다른 시간

말과 말의 불협화음

나는 소리의 끝을 놓치지 않으려
호흡을 고른다

가파르다

24년 12월 김감우

차 례

● 시인의 말

제1부

제2부

제4부

제1부

탑
— 간절곶

조금씩 작아지는 것을 탑이라 한다
바닥을 떠나
허공으로 올라갈수록 작아진다
기단을 세우고 다시
한 층 올라갈 땐
몸집을 줄이고 마음을 덜어낸다
내가 새벽에 듣는 고요
고요의 너른 벌에 소리의 탑이 보인다
아득히 작아지는 것 점점 멀어지는 것
지나온 시간이 탑이고
점점 멀어지는 저 소리가 탑이다
귀를 모은다 더 작은 소리
더 더 작은 소리
작아져서 비로소 간절해지는 것
간절곶의 간짓대 닮은 바닥도
작아지는 것 작아져서 간절,을 얻는 것
탑이 그 바다에
지금도 누군가의 마음을 디디며

조금씩 쌓여가고 있다

오후

정지선과 출발선이 없다

제 자리를 떠난 선線이 머무는 곳은
11월의 하늘
코끼리를 만드는 바람이 이동한다

어중간한 자리에 선 나는
비켜줄까 추월할까 잠시 망설인다

숨바꼭질하다 이 길로 모든 게 끝날 것 같아
한쪽 발에 꾸욱 힘을 준다
휘청 원을 한 바퀴 돌아서 나오는 오후, 여기가 어딜까

코끼리가 다도해 지도로 다시 바뀌는 하늘
당신의 발이 보이지 않는다 길이 둥둥 떠다닌다
돌이킬 수도 앞당길 수도 없어 끈을 놓아보자 했던 말

흐름에 맡겨둔 패턴은 눈감고 쏜

화살처럼 예측 불가다

예측 불가만이 예측 가능한 틀 밖의 세상

반원이 크게 안으로 굽은 두 시를 돌아 나오면

낮잠에서 깬 아이처럼 낯선 것만 보였으면

말갛게 지워진

구멍

하늘에 구멍이 났나, 비는 그칠 줄 모르고 퍼부었다 바닥
이 어딘지 알 수 없던 오후 사이렌 소리가 요란했다 스물이
었다

생각해 보니 그때 구름의 입장은 단지 좀 가벼워지고 싶
다는 것, 어딘가를 뚫어 몸 줄이는 일이었는데
어젯밤 잠시 누군가의 가슴 숭숭 뚫린 소리를 들었다면
그것은 중심을 향하는 열망
구멍이 아니면 지나갈 수 없는 암흑의 시간을 몸을 기대
고 지나가는 중인 것
어딘가를 위태롭게 가는 외나무다리 같은
시계에 숫자를 잘 보면 작은 구멍들 줄지어 가고 있지
석남사 엄나무 구유가 소임을 다하고 저리 오래 항해하는
것도 바닥에 물을 빼던 구멍이 있었기 때문이고
우리가 살아가는 이 별도 우주의 작은 구멍이고
찌개가 끓어오를 때 보글거리는 소리도
구멍이 생겨나는 중인 것 제 온도를 견뎌내는 방식

그러니까 당신이 한밤중 단톡방에 올린 뜬금없는 한마디

도 구멍의 일, 괜찮아 그 소리에 우리 잠 좀 깼어도

낙하

산을 타고 올라가던 너를 보았어

구름꽃이라 말할까 그 속에 계곡이 하나씩

계곡이 품은 것은 또 어쩌나 아찔했어

벗나무 가지를 툭 치자
계곡으로 거침없이 수선을 긋던 낙하

때를 놓치고 종일

한순간 바람을 잘못 읽은 꽃들
들끓어 빗소리도 들리지 않았지

벗나무 가지 한 번 더 툭
쳤다면 어땠을까 혼자 상상해 보는 저녁

무엇이 이토록 서늘하게 하는지 모르겠어

가지를 두드려 꽃을 털어내던 손

중력을 받치던 다리 아래로
별꽃들 돋아나고 있었을 뿐

너머로 뭉근하게

태화강 너머에서 훌쩍 오동꽃이 왔다
밤새 달려온 강 너머 세상으로
새벽 물소리 보라 향으로 환하다
소리들 숨죽이고 긴장하는 시간
짧은 새벽
온다는 것 꽃이 온다는 것
놓치지 않으려 눈을 감고 귀를 연다
오동꽃이 모아둔 소리를 듣는 시간
길어진 내 귀를 닮은 꽃
온몸에 소리를 담아두어도
그 소리로 넘치게 하지 않는 건
때를 놓치지 않고 비워내는
품성을 타고났기 때문이다

그의 기침 소리였는지
나의 붉은 발바닥인지
내 팔에 난 굽은 상처로
들끓던 오래된 저녁이 있었다

그 저녁부터

화상연고 덧바르던 새벽까지

내가 나에게 낸 상처들 다 모여

어디로 가는가 태화강에 잔물결들

주름지어 고요히 하류로 달려간다

꽃이 넘어온 허공은

소리와 빛이 보라로 한 몸이다

너머 그 너머로 가고 있는 오월

우리

길이 잠시 변덕을 부린다고 생각했지

경부고속도로에 첫 바퀴를 올린 날
빳빳한 어깨 위로 무채색 목소리가 뛰어올랐어

― 우리너무오래만난건아닌지

물과 얼음이 한 웅덩이에 담겨 있었어
갓길 없음이란 복병과 함께

침묵하며 함께 먹는 저녁 식사는
중앙 분리대의 평화처럼 아슬아슬했어

밀봉해 둔 말이 부풀어 오르는 저녁처럼
그래서 더욱 정직해진 욕망처럼

그때부터였어 뒤돌아볼 때마다 그 색을 만난 건
가속으로 부풀어 오르는 다리 위에 황급히 엎었지

마른침 한번 꿀꺽 삼키고 나서

평행선 그리기에 성공한 유년의 강변을 향해
달려가고 있다고, 생각했어

붉다는 말

저녁에 비트차를 마신다
붉다는 말은
색이 아니고
움직이는 생명체다
어딘가로 떠나고 있거나
밀려드는
가고 오는 것만 아니다
빠르게 몸을 불리거나
갑자기 솟아오르거나
활활 타오르거나
폭풍처럼 울고 있거나
검다를 향해
얼룩처럼 빠르게 식어가거나
비트차가
내게로 온 붉은 길에 앉아
그 말 얼마나 아플까 생각한다
천천히 스며들게 천천히 사라지게

자리

그 자리는 피해 가야 한다

유난히 움푹 패어 있던 곳 이쯤이었나

폭우에 차오른 물은 순식간에 자리를 뒤바꿔 놓았다 냉장고가 둥둥 떠다니고 이게 꿈속 상황인가 사이렌 소리가 빗소리와 겨루기 한 판 중이었다 바닥을 가늠할 수 없었고 그것이 가장 두렵다는 걸 알고 있었다 나는 지팡이로 더듬듯 기억을 일깨워 짚어가며 한 발 한 발 내디뎠다 비는 그칠 줄 모르고 백일 된 아이는 등에 업힌 채

아이의 발이 리듬을 타고 놀았다 비는 그칠 줄 모르고 임시대피소로 가는 길은 줄어들지 않았다

한 발 한 발이 내가 머무는 자리였다 그곳에 내가 있다
서른이 된 아이 그날 내 나이 되어 다녀간 자리에 바닥은 어딜까 생각한다

숲
― 처용

그녀는 잊었을까 한 살 더 먹고 나니

처용가면을 쓰고 골짜기를 헤매고 다녔다던

분노를 감당하기에 숲은 너무 젊었다

숲에서는 죄 없는 나무가 쩌렁 쓰러지는 소리가 났고

그녀가 등걸에 앉아 말을 타고 달렸다

스스로 칼을 품고 살았다 했다 겨냥한 곳이 어디였는지는
묻지 못했다

숲을 빠져나간 날이 걸어서 그의 귓전까지 당도하길 바란
것일까

작정하고 숨어버린 사람을 무슨 수로 찾겠냐고

늙은 어머니의 만류도 한몫했다

10년이 한 문장으로 내게 왔을 때는

처용가면 내려놓은 그녀가 다행이라 했는데

가면을 집어 던진 그녀가

써야 했던 또 다른 가면을 생각하지 못했는데

봄 오면 발밑에서 흙이 솟구친다.

소국이 선 채로

기다리는 일은 부채처럼 무거웠다

오늘도 난간에 앉아
새로운 숫자를 찍어낸다

밀린 잠이 쏟아진 것은 일교차 탓이지

햇살 짬 없이 한차례 지나가고 나면
긴장된 화면이 풀어져
나를 당기는 목소리 사방으로 흩어졌다

소국이 선 채로 말라가는 오후

소리가 작은 소리로 더 작은 소리로
어디론가 가고 있다 더 더 작은 소리로

작아져야 갈 수 있는 나라가 있다고

지축을 흔드는 밤의 재채기 소리도
작아져서 어디론가 사라졌다

바람이 불고
빈 종이컵에 국화차가 담겨 있었던가

따끔거리며 목이 아프다

월평로

벚나무 사진이 한 장 날아드네요
우람한 몸통 중간에 틈을 내고 꽃을 피웠네요.

꽃이 굳이 벽 쪽으로 방향을 잡았네요
암만 봐도 그 벽엔 틈 하나 안 보이는데요

가지들 와와 몰려가는 햇빛 두고
굳이 벽을 택했을까요

급매로 넘긴 집 떠나서 십수 년
그녀가 사월이라 다녀간다고

쏟아지던 웃음만 귀에 환해서

다시 아이가 된 노모는
벽 너머 절벽 이젠 들리지 않는 걸까요

길을 버리면 새로운 문 열린다는 말이

십수 년을 따라서 돌아
사진 한 장 딩동 허공에 떠 있네요

이 봄이 누군가의 캄캄한 어둠 속인지
날 선 기도 환한 허공에 들이대는 것을
저 꽃이 알고 그러는지

가령

죽음보다 깊은 잠을 자는

당신 오늘 아침 내가 끓이는

찻물 소리를 듣는다면

영화 쇼생크 탈출에서

벽을 내려치던 저녁처럼

천둥의 날숨소리에 맞춰

불같이 내려치던 돌망치처럼

출구만큼 숨 쉬던 천둥처럼

주전자가 뿜는 저 뜨거운

칼날 위로 당신의 잠 깨는

소리 순식이라도 들린다면

그래서 맨 먼저 내 둔부

세게 한 번 후려쳐준다면

시작

너에게로 가는 길은 늘 터널이다
앞지르기 금지구역

낯선 생각들 불쑥불쑥 끼어들지 않도록
창문 올리고 귀도 잠시 닫아둘 것

좋아 거기까진 속아준다고.

아무리 긴 터널이라도
출구는 늘 고지식하지

눈 한 번 감았다 뜨면 그뿐
그만큼 내가 빠져나온 터널의 길이만큼
길을 잘라 먹는다고

새로운 시야가 내 안에 들어와
붉은 눈을 흘기고 있다

감았다 다시 뜬 눈 사이로
천연덕스럽게 속도 지켜가는 차량들

바람 술술 빠져나가
이젠 말캉해진 풍선처럼

더 이상 위태롭지 않은 노을이
저쪽에서 미리 전등을 켠다

터널은 점점 작아져 빛이 묻히고
출구가 묻힌다
반대편 어딘가에 아직도 속도를 잠식하고 있을 입구만
혀 날름거리는 여름 불볕더위

진행형으로 바쁜 초록만 목소리 높이고 있을 뿐
너에게로 가는 길

길은 죽은 듯 엎드려 미동도 않는다

고수

통도사 설법전 돌아 나와
물소리 부근
나무의자에 앉아 있었다
들어갈 때 일주문 앞 통도는
하늘에 걸린 봄 쪽을 바라보며
배롱나무 가지와의 한순간을
고수처럼 그려내고
말하지 않아도 내 몸 빠져나가는
말 말들 아, 고마워라
모든 것이 연결고리를 끊은 듯
현은 무한공명으로 방향을 바꾸어
잠시 가벼웠다 느꼈다
빙매 앞에서 사진 몇 장 찍었던가
들어갔던 문 다시 나오다
사진으로만 남은 문고리 한 쌍 보았다
문은 닳고 닳아 소용이 끝난 채인데
녹 가득한 고리만 견고하게
천 년 너머까지 걸쳐 있었다

제2부

들리냐?

라고 질문하던 친구가 있었다
막 연애를 시작한 11월이었을 것이다
나 있잖아 좋아하는 사람이, 조심조심
멈칫멈칫 내 고백에
그 친구
들리냐?
라고 물었다
앞뒤 다 잘라먹은 한마디였다
단박에 난 그 질문의 넓이와 깊이와 온도까지도
알아차리고 대답했다

어

귀도 말도 무뎌진 긴 시간이 지나면서
이렇게 무뎌질 수도 있구나 놀라웠다
믿기지 않는 대단한 비밀이 내 생에 숨어 있다는 것
그 놀라웠던 사실 또한 무뎌진 후에도
소리는 혼자 남아 종종 나를 찾는다

야, 들리냐?

올봄에는 내가 친구 귀에

불쑥 디밀어 보고 싶은 말, 선물 같은

길 위의 시간

러닝머신 시작 버튼을 누르면

그때부터 내 앞에 새 길이 생긴다

비상구 같은 타임벨트 위를

시간과 내가 함께 걷는다

이 길을 발견한 날부터

나는 길도 만들고 시간도 만든다

속도 3.5 벨트 위에서 나도 시계도 천천히

호흡을 고른다 발바닥과 벨트가 맞닿는 점이

문장으로 치면 마침표다

속도를 높일수록 말은 사라지고 점만 남는다

시간도 나도 목표치가 같아지고 있다

벨트 위는 가쁜 숨소리만 남고

조금씩 틈새로 드러난다

보폭만큼 발이 쓰는 말

다시 속도를 낮추는 지점을

그도 나도 알고 있다

벨트 위는 다시 말이 살아나고

숨소리가 말을 타고 천천히 내려오는 시간

같은 속도로 걷는다는 건 최고의 동행

스위치를 내리면 시간도 나도

침묵에 든다 길을 열었던 30분도

벨트 속으로 철커덕 문을 닫아건다

맘먹으면 다시 길 열린다 하는

잠금 스위치에 미리

내 숨소리와 시간을 리셋해 둔다

벽 뒤로

벽지를 걷어내니 벽이 갈라져 있다
날아갈 듯 뻗은 소나무 가지 가지 뒤에서
독수리 한 마리를 품고 10년이다
비상飛上을 꿈꾸는 날개를 그려 넣은 화가는
독수리의 퇴로를 미리 생각해 둔 것인가
그렇다면 그림 속 이야기를 다시 읽어야겠다

비밀의 길처럼 못다 풀어낸 속엣말처럼
벽만 알고 있는 이야기가 길 따라가서 살고 있나
너무 오래 엎드려 있는 독수리, 다음 행로가
늘 궁금했다 부리부리한 눈이 살피는 전방과
그 일촉즉발의 긴장을 받치는 소나무 가지에
집중하느라 뒤를 생각할 겨를이 없었다

벽에도 귀가 있다더니 다시 보니
귀만 있는 게 아니다 귀가 길어진 곳으로
새 길이 나는 거다 벽 속으로 시간이 드나든 흔적
저 길 너머로 또 다른 10년이 닿아 있는 곳은

처음 틈을 낸 날은

벽을 마주 보며
물어보고 싶은 게 많았으나
벽면을 다독여 다시 액자를 걸었다

낯선 파랑

파랑이 데려가는 세상이 있다고 믿었지만

나에게 딱 맞는 파랑이 무엇인지 몰랐어
그러니까 내 유년엔 파랑이 없었지

몸에 딱 맞는 색이나 입에 맞는 맛과 달리
파랑은 늘 동화 속이나 그림으로 살았던 거야

좀처럼 나오지 않고
달려도 달려도 늘 그 거리만큼
떨어져 있었어

힘껏 팔을 뻗어 하늘을 던져두고 나면
파랑은 속수무책 번져나고 흰 구름 속 같은 막막함

손을 빠져나간 파랑이 있다는 걸 알았을 땐

봄날 오후처럼 지루하여 어지러웠지 멀미가 났어

감각이 모두 땅속으로 숨어 하늘은 점점 넓어지고

시간이 구름 장화를 신은 듯 불안하게 흘렀어

파랑은 내 손을 벗어나기 전까지만
파랑波浪으로 살아 있었던 것일까

그렇다면 나는 나에게
얼른 그걸 말해주고 싶어

낡은 첼로의 봄

매화 만개한 낙강 작은 역
고속전철 외면하며 빠르게 지나간다

남하하는 우레의 굉음이나
꽃이 조용조용 북상하는 일은
한 문장이며 같은 속도다

무문관 안거 지나온 제 몸속
낙동강 물 끌어 올린다, 꽃은
가지마다 별을 불에 녹여
오려 붙인다

멀리 가는 강은 깊은 소리 위로 흐른다
찬란한 시간이 윤슬의 노트 펼쳐 두고
완행열차가 지나가길 기다릴 때

놓치지 말자, 잔뜩 긴장한
역사에 불용 처리된 낡은 두 줄의 첼로 선

툴툴 털고 일어서 탄주할 것 같은

깊은 저음의 봄!

별

　오래전 이집트 여행에서 돌아온 딸아이에게 시와 사막에
서 바라본 별 이야기를 들었다 거기까지 가는 버스 안이 얼
마나 고통이었는지 사막에서 밤이 얼마나 추웠는지 듣는 내
내 나도 함께 몸이 움츠러들고 지치다가 차가운 밤공기에
덜덜 떨다가 그럼에도 그날 밤하늘이 얼마나 찬란했는지를
공유했다

　그 후 우리는 여러 번 사막과 별을 이야기했다 별은 그때
마다 다르게 빛났지만

　가는 길은 힘들었고 밤공기는 추웠고 그럼에도 빛나던 별
의 황홀, 등을 반복 연출했다 매 이야기의 끝엔 담에 엄마랑
같이 한 번 가자는 약속이 반짝 빛났던 것까지

　마치 오래 불러온 노래처럼 몸속에 가락이 저장되어 화자
와 청자가 따로 없는 중창이 되곤 했다

　약속은 이런저런 이유로 미뤄지고

　십수 년이 훌쩍 넘어갔는데

　내 속에서 그 이야기가 반짝반짝 빛날 때가 있다

　몸이 힘들고 마음이 추울 때

이야기 틀까지도 딱이다 익숙한 가락을 따라가면 추위 말미에 별이 등장하는 장면을 누가 미리 세팅해 두었을 거란 안도감 같은 것

시와 사막에서 반짝이던 별이나 내 속에서 반짝이는 별이나

시간이 갈수록 그게 그거 같아서 속이 환한 오래된 선물 같아서

흥덕왕릉 가는 길

무엇일까 이 편안함은

붙들고 있던 끈 다 풀어 바람에게 맡겨둔 채 숲이 춤을 춘다

흥덕왕릉 가는 길은 그림자놀이다 뒤틀린 소나무로 말하는 세월을 읽으면 빛이 나무를 흔들어 그림자를 깨운다 뒤틀림이 살아 있는 바닥엔 그림자가 숲을 이룬다 하늘이 구름 한 무리 풀어 놓고 가는 오후 나의 발은 일렁일렁 그림자 춤을 함께 춘다 중력을 넘어선 세상처럼 하늘과 땅이 경계를 지우고 숲속에 다 모였다

무엇일까 이 편안함은 나를 앞장서서 걸어가는 내 그림자 뒤틀림을 감추지 않는다 소나무를 이리저리 당기는 나무그림자도 뒤틀린 몸을 한껏 뽐내는 중이다

절절한 외침

석상은 뒷모습으로 숲을 지킨다

그의 긴 머리가 오늘은 좀 아슬아슬하다

올가을 비가 짧아, 차암 짧아

밤늦도록 비 내린다
11월이 젖어서 걸어간다

올가을 비가 짧아, 차암 짧아
걱정하시던 말씀
앞세우고 걸어간다

차암 짧아,를
따라 해보는 빗소리

길게 뺀 장단이 가고 있는 쪽에
소리가 모여들었다 사라진다

그녀 말이 노래가 된 것은
언제부터일까 궁금해하며

음표가 오종종 따라간다

너는,

너는 내 몸속에 흐르는 소리

이른 새벽이면
가끔 그 소리 들리네

온몸 정지시키고
호흡을 멈추고

너의 소리 듣는다

협곡을 돌아 나와
어디론가 가고 있는 너의 소리

고요를 깨지 마

너는 언제나 미래에서 나를 기다리고

기다린 자리는 늘 별자리가 되지

다시 미래로 움직이는 별이야

내 몸을 떠난 나의 소리

단 한 번의 노래로 화음 맞춰보고 싶은

立夏

이제부터 이 길들 다 덮일 것이에요
그럴 수 있겠지요

밤잠 사이사이로 무수히 생겨나던
피는 자리마다 다시 흩어지던 봄밤

지척이던 당신은 강을 건너고 떠난 길 다 지우네요
나를 지키고 싶었을까요
꽃을 허물고 싶었을까요

꽃 진 자리 뜨거운 태양 퍼붓고 있네요
비 한줄기 간절한 날이라고 쳐요

마음이 한쪽으로 몰려가네요
늘 갑작스런 건 계절이에요

그 많던 바람 다 어디 있나요
늘어난 잔손금같이 여기저기서 지쳐 있어요

길과 길이 부딪히는 소리 쩍쩍 갈라지네요
또 다른 길 생겨나네요 미궁으로 빠지는 사건처럼
천 갈래 만 갈래 불안해요

망초가 노래를 잊었네요 황량한 유월
비문 속 사랑가도 먼지 속으로 사라져요

어서 이 길들 다 덮어주세요
초록들 눈치 없이 키를 키우도록 비를 주세요

방

문을 조금 열어 두세요

소리가 드나드는 길에
귀를 대는 누군가 있어요

또 다른 소리가 있어요
길을 잃은 시간이 몰려오네요

장마가 시작되었다고요
비와 비 사이로 부는 바람

예술회관 앞마당에
플래카드 잠시 요란하네요

그때 다시 고요가 와요
고요를 지키는 건 길이에요

소리가 가는 길 따라가 보면

사물들이 제자리 찾아가는 게 보여요

넘어질 수도 있어요
그 위로 먼지가 와서 잠들어요

그 순간을 고요라고 부르죠
고요 속으로 또 그 속으로
문을 열고 들어가면

발이 땅에 닿지 않아도 좋아요
두려워 마세요

항구

모성인 듯 잔잔하여라

풀었다 거두고 다시 풀어주는 일

산의 가르침 바다에 적으라고
바다의 노래 산에 전하라고

기다리는 마음 나란히 줄 섰네

지친 그대들 차례로 안겨 오네

오늘도 풍랑 있었나 파도 치솟아

그대 던져놓은 저 짐의 무게로

항구는 오늘 밤을 견딜 것이네

틈

틈을 던져주네요

그것으로 시 한 편 쓰라 하네요

여기저기 틈을 갖다 붙여 보아요 저녁이 삼층밥 되네요 층과 층 사이를 살펴 상을 차려요 지느러미 대신 몸통이 잘려 나가네요 이제 보니 몸통이 틈이었네요 아찔한 틈 여러 번 건너왔지요 당신과 나 오늘 저녁 틈을 손에 쥐고 둘 자리 살필 줄 몰랐네요 시와 나 사이에 틈이 안 보여요 틈도 틈이 있어야 자릴 잡는데요 그 틈 메꾸느라 숨찬 날 모였네요 회오리 속 급류처럼 그걸 길이라 하네요 칼날 같은 빛 한 줄 간절했어요 기도가 닿은 곳이 틈이었네요 어둠을 겨냥해 베고 싶었지요
아찔과 간절은 한 몸이었네요
저 휘어진 급커브는 틈을 딛고 돌아 나왔네요 아니 돌고 있네요

분홍

그 속에 들어가면 모든 손은 용감해진다
지나간 자리 모두 반짝 빛이 나지만
스스로는 빛을 거두고 산다
색만 남아 이름을 얻는다
마미손 장갑 가지런한 한 쌍
다짐처럼 몸을 움츠리고 있다
지친 저녁에도 골목길 낯설지 않다

일과는 속과 겉의 맞교대, 저녁이면
오른쪽 엄지 쪽으로 속을 뒤집어 준다
뒤집을 때 바람을 잘 모아야 한다
속끼리 나란히 걸어둔다 무게를 덜어내는 시간
휴식은 멀리서 보면 기다림처럼 경건하다

손을 기다리는 일은 형식을 존중하는 것
스스로 괄호 안으로 들어간
손을 설명하는 날

제3부

숲

소리는 숲보다 무성했다

소문은 순식간에 퍼져 그해 겨울 동네 어귀엔
숲이 하나 생겼다 현수막이 걸리고
누구도 그냥 지나칠 수 없었다

나도어쩌지못하는나를,당신도어쩌지못하는당신을

구름이 무게를 덜듯 소나기로 후두둑 내려놓더라 했다
막다른 골목이었을까
그 남자와 그 여자 사이를 오가는
뿌리가 잘린 말들이 속속 날아들었다
귀를 막을수록 웅성거리는 소리

소리는 말보다 무서웠다 겨울 숲은 바람이 최고다
바람이 방향을 바꿀 때마다 말은 변이를 일으켰다
나를 어쩌지 못하는 당신을, 당신을 어쩌지 못하는 나를
숲으로 날아온 말과 숲으로 숨어든 말이

숨 가쁘게 날아다니며 소리를 제 편으로 당겼지만
웅성거리는 소리는 바람에게만 제 몸을 맡겼다

그래도 숲만 한 게 없다, 고 그녀가 한 줄 썼다
소리가 그녀 편으로 우르르 몰려들었다

배추의 얼굴

엘리베이터를 탄 배추가 봉지 밖으로 얼굴을 내민다
(바깥으로 나온 부분을 얼굴이라 하자)

나와 눈이 마주치고 출렁 몸을 움직인다
두리번거린다
30층 버튼을 타며 싱싱한 호기심 숨기질 못한다
(불안인가)
얼굴이 입인 듯 입술인 듯 말문이 곧 열리려는데

이상기온이 계속되는 11월

봉지 속 배추들 어지럽지 않을까
초고속 엘리베이터 문이 먼저 열린다

밭에서 배추는
온몸이 종교처럼 경건하다고만 생각했다(표정을 감추고)

그는 반으로 딱 자를 때 잠시 표정을 보여준다고

잘린 단면으로 무궁한 시간이 밀려오고 그 순간이 배추의
얼굴이라 생각했다(그것은 배추를 보는 나의 표정이었고)

배추를 꺼낸다
봉지 밖으로 나오며 와글와글 쏟아지는 몸
온몸으로 쏟아내는 말 배추의 얼굴 얼굴들, 발성 기관들
(가속이 붙어 말이 말을 삼킨다)

즐거운 명절

지인에게 배를 한 상자 보냈더니
잘 타고 추석까지 갔다 오겠습니다
라는 문자메시지가 왔다 푸하하
글자들이 배를 잡고 한바탕 신나게 웃었다
번뜩 다른 배들이 떠올라 사전을 찾아보니
배[腹] 배[船] 배[梨] 배[胚] 배[坏] 배[輩]가
줄을 지어서 배배배배 노래하고 있었다
저 배들 깊은 바닥 어딘가에 뿌리처럼
발이 서로 얽혀 있을 것 같아 내가
눈과 귀를 책에 바짝 대고 찾는 사이
휴대전화 창에서 배 한 척이 나와
몸을 배배 꼬며 파도를 타기 시작했다
빠르기도 하다
배와 배가 만나는 귀성길

저녁의 게임

다음 제시어는 선택입니다 양팔을 쫙 펴 들고 초록 속에
누워 있는 길 심장에는 붉은 등 하나 내 걸어 일시정지 신호
를 보내고 있다

이제부터 앞차의 꽁무니가 신앙이 아니라는 걸 알게 됩
니다

모든 부호는 생략되어 있고 두 팔의 표정은 변화가 없다
갑자기 이럴 수가 있는가

당신의 가속페달은 잠시 용수철처럼 튀어 오르겠지요 발
끝은 파도타기를 하며 급물살에 휘말릴 것이고 중앙선의 곧
은 척추가 초록 속으로 숨어들 것입니다

신호대기 시간까지 여유 드리지요 길은 초시계를 누르며
제한 시간을 재고 있다 심장에 걸린 붉은 눈은 한순간도 깜
박이지 않는다 핸들이 놀라 눈앞에 펼쳐진 오엑스문제를 노
려본다

이미 수차례 지나온 곳입니다

앞차의 브레이크 등에 중독된 당신이 모르고 지나왔을 뿐

슬도가 그를 찾는다

몸속에 소리를 가두고 사는 사람들
바람 부는 날 슬도를 찾는다

제 속에 팽팽해진 현이 위태로워
풀어내지 못하고 자꾸 조여오는 소리

아픈 소리는 처방도 소리다
더 아픈 소리는 더 작은 소리다

오늘은 그가 저무는 바위 들판에 엎드려 있다
귀와 귀가 만나는 시간
소리로 바위 속을 더듬는 시간

서로 등 돌리고 가던 날 늑장 부리던 어둠같이
무한공명이 너무 멀리서 온다

들리는가 들리는가

귀가 바위를 닮아가고
바위가 귀를 닮아가고

슬도가 그를 부르는 소리

바다 쪽으로 해국의 떨림 미세하다

편지
― 윤동주 생가

마당 가득 詩가 뛰어놀고 있네요

당신의 유년인 듯 통통 까르르르

숨바꼭질하네요

참새들 두 발로 글씨 공부하던 곳이

여기쯤인가 봐요 그 흙 마당에

흔적처럼 민들레 피었네요

별처럼 초롱초롱 반짝이네요

나는 오늘 저 별송이 하나하나에

당신의 시를 불러봅니다

버선볼을 그리던 어머니가 보이네요

소낙비 오는 날 팽이처럼 불던 바람도 보이네요

별나라 사람들이 무얼 먹구 사는지

당신 여전히 궁금하신가요

삶은 오늘도 죽음의 서곡을 노래하였다는

당신의 시에 바람이 꼬리를 물고

휘돌고 있네요 아득해지네요

나의 유년도 다 풀어놓고

나의 청년도 다 풀어놓고

오늘, 여기 이 마당에서

편지

― 수남촌에서

깊고 오래된 시 한 수 읽었습니다
마을 중앙에 나무 한 그루 심고
우물 하나 파게 된 큰 뜻을
일곱 날이 걸렸다 했던가요
은유 가득한 이야기의 시작은
수남촌 황지 밭에 마을이 뿌리 잘 내리라는
그 옆에 우물 하나 말벗인 양 두라는 가르침
밤이 깊어지면 나무와 우물은
아름다운 대화를 나누었다지요
그래서 나무의 말은 늘
우물의 깊이를 통과한 예언이 되었다지요
이파리를 흔들어 비바람을 미리 막아내고도
나무가 늘 고요했던 이유가
훗날 그 나무 둥치가 잘려도 수호신의
큰 뜻은 지켜낸 이유가 바로 거기 있었다지요
우물의 깊이를 통과한 나무의 말을
시 한 편으로 제게 들려주시던 날
그날 수남촌에서 그 우물가에서

승부

어디까지 파헤쳐야 할까

길의 심장을 겨냥한 기계의 손

자꾸만 떨린다

흙 속에서 발굴되는 시간

물구나무선 채 반환점 찾아 나선다

불쑥 나타난 쇠꼬챙이가

그 발목 걸어 넘어뜨리고 만다

그녀가 내게

시 한 편 건넨다
수레국 앞세워 돌아온 먼 길
A4 용지 곳곳에 스며 있다
반으로 접은 시 중심이 젖었다
물 묻은 손이었다 말하지만 뭉클
수레국 마른 향기 지나간다
손끝에서 물방울로 나타난 저것
저것들 너머에 숲 있을 것이다
시 한 편 쓰면서 버린 말이
말들이 타고 간 헐거운 바퀴가
모여 사는 숲이 있을 것이다
생의 수레에서 내린 마음끼리
모여 흐르는 강 있을 것이다
나는 수레국 따라온 그녀의 시보다
함께 온 젖은 부위가 시로 읽힌다
수레 뒤 쓸쓸한 생으로 읽힌다

PRESTO,

현이 툭 끊어졌네

꿈과 꿈 사이

무수히 많은 팔들 뻗어왔네

손끝이 가리키는 반대편으로

악보가 유성처럼 달려가 버렸네

궁금했네 초록은 여전히

7번 국도를 잘 달리고 있는가

시간이 문어 다리처럼 흐느적거리고

메밀국수 먹어도 먹어도 줄지 않았네

유월을 툭 잘라놓고, 내 숨소리에

관성처럼 잠겼지만 폭우를 탐하지 않았네

수많은 팔들 얼른 뒤통수 쳐주길 기다렸네

비명 지르며 먼저 튀어 올라가는 다리

그것을 손이라 명명하라지 않던가

빠르게 오선지를 그릴 것이야,

국수 그릇 속 결 고른 면발이 남아

무심하게 마주 보고 있었네

아얏!

독

몸속 독의 기운을 다 빼내야 한다

딱딱한 것 다 녹여

가장 부드러운 것으로 만들어야 한다

시를 진단했다 노련한 청진기에

감지되었을 내 속의 거친 소리를

거울 속에 비춰봤으면 생각했다

그날 밤늦도록 독을 검색했다

커서가 깜박이는 곳마다 독이 있었지만

내 속의 독소를 찾아내지 못했다

독을 찾겠다고 헤매는 순간이

바로 독인 줄 모르고

고비의 시간으로 꽃물 번지네

베고니아 화분 속을 오래 보았네

노란 꽃송이들 저마다 다른 시간을 품었네

지금 막 꽃송이 사이로 흘러가는

무엇인가 미세한 떨림을 나는 보았네

어긋난 꽃송이들 사방으로 향하고

궁금해서 꽃잎 사이 호흡을 멈추고 앉았네

봄밤 비 내리는데 먼저 핀 꽃

나중에 핀 꽃 둘 사이로 바람이 지나네

다시 먼저 핀 꽃 나중에 핀 꽃

다시 먼저 핀 꽃 나중에 핀 꽃

먼저 진 꽃 나중에 지는 꽃

다시 먼저 진 꽃 나중에 지는 꽃

지난 시간 모두 어제라 부른다는 남은 날들 모두 내일이
라 부른다는*
고비의 시간으로 노란 꽃물 번지네

* 안상학의 시에서.

시인

노래는
끊어질 듯 이어지는
잔 물줄기 같다
자주 드러눕는 몸을 닮았다
데미샘에서 나서는
고향의 강 상류처럼
굽이마다 휘돌아 나오며 우는 법이
그의 시다
그 시의 통점에서 나는
쉬어 갈 수밖에 없다
강은 흐르면서 노래가 되고
역사가 된다
내 울음소리를
어디쯤 배치할까를 고민하는 사이
시인의 노래는 이미 바다 물목에 들었다
가장 느린 노래가 가장 멀리까지 닿는다
그래서 시인의 노래는 귀를 바짝 대야 들린다

과거형 말은 슬프다

새벽에 일어나니 만 원권 열 장 책상 위에 우두커니 슬프다

잘 다녀오라는 뜨거운 인사 한 권 책으로 부풀었다
열 장의 지폐 각각 다른 노래다
생선가게를 돌아 나온 듯 비릿한 목소리 웅성거린다

창 넘나든 배웅의 흔적 폈다 오므린 발이 떠 있다 지폐는
모두 어제가 되었다
관성 누른 노래가 가부좌 틀고 시장통 이야기 열 편이 모
였다

이제부터 시월이 밤새 달려온 이유 알아야 할 것이다

과거가 된 인사말 해독하는 새벽이

문장 속 저녁이다

제4부

소금 목걸이

큐빅이나 다이아몬드 대신 굵은 소금 한 조각을 펜던트에 넣어 목걸이를 만들면 좋겠다고 생각한 적 있다 간수가 쫙 빠져 까슬까슬한 소금이 좋다는 젊은 어머니 옆에 서서 쫙 을 수치로 계산해 보다 말았다 손을 찔러 넣으면 소금의 상 태를 알 수 있다는 실습, 다음 해로 또 다음 해로 미루어졌 지만 소금 항아리는 늘 제자리에 있었다 그 후 해마다 어머 니의 소금학 강의는 되풀이되었고 항아리 주변을 돌던 한결 같은 세월은 그때의 어머니를 넘어섰다

어느 겨울 툭,하니 줄 하나가 끊어지듯 강의는 예고 없이 끝났고 그제서야 소금 가마니에 손을 푹 찔러 넣어 봤지만 내 손의 감각은 믿을 게 못 되어 눈을 믿기로 했다

김장철이면 먼 길 걸어온 굵은소금 자루를 열 때마다 그 때의 눈으로 소금 목걸이를 하나씩 걸어 본다

반짝이는 것들을 보면 그 소금 알갱이에 갖다 대 본다 하 지만 그때의 빛보다 더 반짝이는 것을 아직은 보지 못했다

끓다

말속에 기승전결이 다 들어 있다 그 말이 오기 전 단계 그러니까 오르막 달려온 끓,의 뜨거운 시간과 다,의 찰나 그리고 말이 지나간 자리에서 뜸 들이는 저녁의 아득함까지

유년에 끓다,라는 말 부뚜막에 밥물 넘치는 장면과 동의어였다 저녁은 내 눈과 귀 사이에 놀이터처럼 전을 펴고 절정을 기다렸다 고비를 넘은 어머니 속사포 끝에 한 박자 쉬고 난 아버지 낮은 한마디는 부르르 넘치던 밥물에게 제 길을 찾아주었고 노련한 속도로 행주가 무쇠솥 둘레를 몇 차례 지나갔다

스물에 그 말은 올라오는 족족 때려 눌러야 하는 두더지 게임 같았다 내 속에 두더지는 난이도를 점점 높이는 천방지축 망아지였고 솟아오르는 대가리를 때리기 위해 망치를 쳐들고 있는 손은 광기를 부렸다 헛손질에 지쳐갈 때쯤 게임은 나보다 한발 앞서가며 끓는점의 온도를 대신 재 주었다

오늘 아침 나는 끓다,라는 말이 나에게 남아 있을까 한참 찾아보았다 여기저기서 넘치던 거품과 그걸 걷어내던 손이 보였다

건양다경

무룡산 오르는 아침
길이 먼저 산문 연다

예년 웃도는 기상 예보에
웬 해빙이 저리 성급할까

질퍽질퍽한 길바닥이
진 땅 마른 땅 분간할 겨를 없이
등산화에 푹푹 인심 쓰고 있다

사방으로 튀어 오르는 흙덩어리
넙죽넙죽 받아 안던 나뭇가지가
꽃눈 흔들어 표지판을 내건다

씨앗 파종했음, 요주의!

남은 꽃샘바람 걱정에
산이 잠시 멈칫하다 주르륵

젖은 흙 운반하기에 바쁘다

일어서는 봄

내 등산화 밑을 봄이 밀어 올린다

풍경이 철들었다

울산대공원 가는 길에
춤추는 스카프를 만났네
홍옥을 팔고 있는 리어카 옆에서
양말들 가지런히 객석에 앉은 오후

어머니 목주름이 함께 춤을 추네
음표들 음표들 날아오르네
주름 악보 위를 휘돌다가 숨 고르기
출렁 차고 올랐네
그녀가 허공으로 목을 쭈욱 뻗었네

스카프가 온몸을 펴고 일시 정지했고
비상을 하려는 건가? 모두 긴장했네
태극무를 추는 무희의 손끝처럼
스카프 날렵한 끝에 하늘이 와서 앉았네

어이쿠, 그때가 절정인 듯했네
양말들도 일제히 발끝을 세웠고

소쿠리 소쿠리 홍옥들 난리가 났네

빨간색 탱탱하게 차올라

당장이라도 굴러갈 태세였네

나는 이 춤사위를 절정에서 사고 싶었네

그녀의 목에 둘러주고 싶었네

온몸 달아오른 홍옥들의 갈채까지

허공이 만들었을 바닥까지를 사고 싶었네

그녀와 나의 화양연화였네

들,이 모여

시월 바람이 나를 불렀나
예술회관 저녁 마당을 산책한다

야외미술 전시장에 서 있는 조각들만
예술을 지키고 있는 밤

공연 없는 빈 건물 외벽에
팔이 긴 플래카드 클레이더만 공연을 알린다

저녁이 거대한 배로 변한다
시간을 항해하는 바다

미리 도착한 클레이더만, 건반
한 음 한 음 누르며 조율하고 있다

건물 벽 속에 사는 음표들 깨어난다
잠긴 문틈으로 바쁘게 드나든다

잘려 나간 시어들 다시 모인다
막 내린 빈 무대에 남겨졌던 음표들

앞마당에 서 있는 조각
미끈한 곡선에서 잘려 나간 재료들

그들끼리 빈 공연장 놀고 있다
들,이 미리 모여 공연은 미리 시작되었다
공연은 끝나지 않았다

꽃꽂이 상담실

꽃꽂이 수반을 닦아 놓고 상담실 문을 열었다

바람이 먼저 들어와 침봉 속으로 뛰어든다 유난했던 여름
부피 성장만으로 온몸이 부풀어 오른 그는 다리가 없다

부글거리는 관념어들이 가장자리로 몰려들어 팽창은 극
이 된다 가장 날카로운 핀을 찾아 그의 심장을 향해 푹 찌
른다

오지랖 넓은 소철이 큰 손을 벌리고 들어온다 손가락 사
이로 하늘을 품었다 바다를 품었다 하지만 괄호 속 같이 꾹
꾹 눌러둔 죽은 말이 살아난다

상담실 문짝에 찍힌 일탈 쪽으로 방향을 틀고 있다
심하게 요동친다 앞모습과 뒷모습이 확연히 다른 그를 제
1 주지에 세운다

침봉에 파닥이는 물음표

다리를 찾은 바람이 걸어가고 있다

침봉 위로 둘러앉은 내담자들

고래, 크로키

남태평양, 뜨거워진 뱃머리 돌리려 할 때

우르르 달려오던 돌고래 떼

하늘로 바다를 밀어 올리며

일제히 절정을 노래하던 살아 있는 음표

당신의 시 속에서 고래를 만난 그날처럼

눈을 감으면 언제나 들리는 고래의 합창

급한 볼일

맙소사!
오동꽃 저리 깊어졌네요
내가 어리석게도 오월을
달력에 가둬 두었네요
달이 차올랐다
다시 제 몸 풀어가며
저 꽃 피워 등불 밝힌 건데
내 목소리에 내가 귀 멀어
아는 척 한 번 못 했네요
초승달 그림처럼 새겨진 하늘
그래도 서운한 티 없이
풍경에 열중하네요
오동꽃이 나를 가르치네요
얼른 강가에 가서
물소리를 만나봐야겠어요
더 늦기 전에요
물의 속도로
걸어가야겠네요

별사別辭

시퍼런 저 강물
이제는 건너야 한다

갑자기 시간이 절름거리고
속도를 잃은 바짓가랑이 사이
바람은 청맹과니가 되어
파닥인다

여름밤이
눈 동그랗게 뜨고 지켜보다가
백열등 흔들어 댄다
은밀하게 자라고 있던
나무 한 그루 깨워
벽 뒤에 묶어둔 길 풀어 던져준다

영문 모르는 채
한쪽 다리가 맥비脈痺된
나무는 자꾸만 현기증 난다

잠자던 자리 돌아다보지만
날 밝기 전에 떠나야 한다는 걸
이내 알아차린다

백열등이 꺼진다
넓어진 강물 소리
어둠 속으로 튀어 오르며
서둘러라 서둘러라
등 떠민다

바다낚시

내 현주소를 찾아라

나는 지금 동해의 한 모퉁이 세워 앉아
지렁이 세 마리에게 지령을 내린다

너는 평생 꿈틀거림으로 횡주하던 너는
동강 난 몸으로도 끝까지 절규하는 법을
배운 너는, 나는

출전 준비를 마친 미끼는 신호를 기다리며

등대처럼 몸 빙빙 돌려가며
바다를 살핀다
가장 치열한 접전 지점이 어디였더라?

물빛과 하늘빛이 맞닿아 있는 저기

휘익! 작전이 시작되고

미궁으로 빠질지도 모를 시선 꽂아둔 채

엉덩이 넓혀서 다시 퍼질러 앉는다

열일곱

외출에서 돌아온 딸아이가 피아노를 친다

Let it be Let it be 비틀스가 연신 딸꾹질을 해 댄다

분명 더듬거릴 실력은 아닌데

되돌이표 부딪고 올 때마다 더욱 출렁이는 악보

가는 허리가 위태롭다

하루를 조금씩 당겨오던 오선지의 발걸음 빨라진다

되돌이표 붙들고 제각각 다른 박자의 연주를 시작한다

건반 위에서 길 잃은 손가락

어깨 들썩인다

이쯤에서 붉은 치마라도 덮어줘야 하나

점점 박자는 속도의 옷을 입고 또 입고

숨 가쁜 악보가 오르가슴을 향해 질주한다

Let it be Let it be

시간을 넘나드는 연결어미였던 비틀스가

모서리 거친 배를 내민다

미완의 문장이 뜨거운 눈시울로 두리번거린다

너도 나중에 네 자식 키워 봐라

전설이 된 어머니의 눈물이 와르르 쏟아진다

오선지의 얽힌 선들이 벌러덩 눕는다

축축해진 심장에 대고

비틀스가 여전히 딸꾹질을 해 댄다

굳이 내 아킬레스건 찾아 뿌리 내리려는

열일곱 내 딸, 내 사랑아

Let it be Let it be

섬진강

구불구불,

강을 빠져나온
당신 삶이
늘 그랬네

다시는
뒤돌아보지 않고
곧장 가리라

신발 동여맨 열네 살
있었지만

당신 생 구비 마다
그 강물 흘러들었네

회오리가 되고 물길이 되고
굽이굽이

원심과 구심의 팽팽한

물살을 풀었다가 거두고 다시

아흔 생이

강 주변 맴도는 노래로 흘렀네

병목

그는 견적서를 되돌려 보냈다

해진 시간을 걷어내는 일에 순식간이라니 아무래도 오기
誤記일 것이다

마모된 시간 밑에서 쩍쩍 갈라져 있을 바닥과 농도 조절
에 실패한 접착제들 생각한다면
  그들이 감행할 역주행과 와자지껄 시시비비 가리며 손발
휘저어 댈 먼지들의 소란생각한다면
  순식이란 턱없이 부족한 실행 불가

갈라진 바닥의 틈새마다
뿌리 내린 우직한 시간

시간을 걷어내고 나면
틈새를 중심으로 높낮이가 달라져 있어

틈에 바닥이 세 들어 사는 것인지

바닥에 틈이 세 들어 사는 것인지

견고해진 시간에 순식의 견적이라니

그가 수포로 돌린 견적서
돌아가는 길에 항목별로 다시 몸 펼쳤지만

길목마다 병목현상이 잇따랐다

잔과 바다

잔 속에 물이 차오를 때

잔은

제 몸을 낮추고 또 낮추며

물을 받든다

그래서 잔 하고 그 이름을 부르면

말의 바닥이 길고 묵직해지는

종소리 같은 신뢰가 있다

반쯤 차면

반은 비워둔 채 가득해지는

수평선의 저녁처럼

바다도

여울의 낙차를

오롯이 받고 싶어 바닥을 낮추고

굽은 겨울 강 아프게 안아

반을 채웠다

나머지 반은

허공의 몫이다

김감우의 시세계

자기비허自己卑虛적 교류의 여백

배옥주

자기비허自己卑虛적 교류의 여백

배옥주

(시인, 문학평론가)

1. 기다리는 무대

커튼콜이 연호되면 열연한 배우들을 맞기 위해 무대는 조용히 기다린다. 공연을 시작하기 전의 설렘과 치열했던 공연을 끝낸 후의 열기를 품고 들뜬 무대. 김감우의 詩는 공연 마지막까지 쏟아부은 열정을 잠시 내려두고 커튼콜을 기다리는 순수한 무대다. 그녀는 비워야 채워지는 여백의 미학을 기다릴 줄 아는 시인이다. 〈타조 소년들(연출가: 토니 그레이엄)〉은 '무대

위의 시'라고 불리는 청소년극이다. 삶의 여정을 풀어낸 이 연극이 요동치며 흘러가는 청소년기의 비움과 스며듦으로 관객을 사로잡듯, 김감우 시 또한 비움과 스며듦의 무대 연출로 독자를 설득한다. 자기중심의 해체를 통해 자기비허(Kenosis)*의 시문詩門을 열어젖히는 것이다. 김감우는 첫 시집 『바람을 만지며 놀다(2018, 고요아침)』에서 아물지 않은 상처를 고백했고(전해수), 이번 시집 『잔과 바다(2024, 현대시)』에서는 무주심無住心의 탈중심적 사유를 견인하고 있다. 그녀의 시는 무無와 공空을 태워 없애는 비움과 채움의 중심에 있다. '길'과 '소리'와 '말'을 통해 스스로를 열고 진리를 향해 나아간다. 김감우 시세계에 초청된 관객은 스스로를 낮추고 물러나는 여백의 무대를 맘껏 즐길 수 있다.

2. 소리의 여백

소리는 생명의 증거다(이어령, 「하나의 나뭇잎이 흔들릴 때」). 김감우가 들려주는 파란만장한 한밤중의 시(「파란」)에 귀를 대보면 광대한 소리의 진폭을 느낄 수 있다. 김감우의 시에서 소리는 시적 주체에게 다가가는 마음의 파동이다. 그녀의 시

---

* 정재현, 『티끌보다 못한 주체에-사람됨을 향한 신학적 인간학』

가 향하는 소리를 따라가 보면 중심을 열망하거나 제 온도를 견뎌내는(「구멍」) 구멍 뚫린 소리들의 강인한 모습을 만날 수 있다. 김감우의 시에서 소리를 형상화하는 감각적 이미지들은 사유의 진폭을 확장하는 공간을 확보한다. 1967년 발표된 비틀스의 〈A Day in the Life〉는 8집 앨범 마지막 트랙에 수록된 곡이다. 비틀스의 최고 명곡으로 자주 손꼽히는 이 곡의 매력은 15초가량의 묵음 구간으로 알려져 있다. 존 레넌이 인간에게는 들리지 않고 강아지에게만 들린다는 고주파의 구간을 삽입한 이유는 청력의 한계에 대한 진폭의 매력을 알고 있었기 때문이 아닐까. 김감우 시가 들려주는 소리의 구간에서도 묵음 같은 파장의 진폭이 묵직하게 전해져 온다.

하늘에 구멍이 났나, 비는 그칠 줄 모르고 퍼부었다 바닥이 어딘지 알 수 없던 오후 사이렌 소리가 요란했다 스물이었다

생각해 보니 그때 구름의 입장은 단지 좀 가벼워지고 싶다는 것, 어딘가를 뚫어 몸 줄이는 일이었는데

어젯밤 잠시 누군가의 가슴 숭숭 뚫린 소리를 들었다면 그것은 중심을 향하는 열망

구멍이 아니면 지나갈 수 없는 암흑의 시간을 몸을 기대고 지나가는 중인 것

어딘가를 위태롭게 가는 외나무다리 같은

　　시계에 숫자를 잘 보면 작은 구멍들 줄지어 가고 있지

　　석남사 엄나무 구유가 소임을 다하고 저리 오래 항해하는

것도 바닥에 물을 빼던 구멍이 있었기 때문이고

　　우리가 살아가는 이 별도 우주의 작은 구멍이고

　　찌개가 끓어오를 때 보글거리는 소리도

　　구멍이 생겨나는 중인 것 제 온도를 견뎌내는 방식

　　그러니까 당신이 한밤중 단톡방에 올린 뜬금없는 한마디도

구멍의 일, 괜찮아 그 소리에 우리 잠 좀 깼어도

　　　　　　　　　　　　　　　　　　　　　　ㅡ「구멍」전문

　　폭우가 퍼붓는 오후. 갓 스물이 된 화자는 요란한 사이렌 소리를 들으며 생각에 잠긴다. 구름이 바닥을 모를 만큼 비를 쏟아내는 이유는 가벼워지고 싶거나, 꽉 막힌 어딘가를 뚫어 몸을 줄이기 위한 것이라고 생각한다. "가슴 뻥뻥 뚫"리는 빗소리는 중심을 향한 열망이 없다면 낼 수 없는 소리다. 소임을 다한 엄나무 구유도 물을 뺀 구멍이 있어서 더 오래 항해할 수 있고, 암흑의 시간도 구멍이 있어서 빛의 시간으로 건널 수 있다. 중심을 향하는 열망이나 온도를 견뎌내기 위해서는 소리의 구멍이 있어야 한다는 것을 피력한다. 대나무나 범종의 울

림이 큰 이유도 제 속을 비웠기 때문인 것처럼, 소리들이 제 몸에 뚫린 구멍으로 자신을 쏟아내야만 끓어오르는 자신의 온도를 견뎌내고 중심으로 향할 수 있다. 때로 잠을 깨우는 사이렌처럼 요란하거나 뜬금없는 알림 음까지도 구멍을 드나들며 비우고 채워지는 자유로운 소리로 수용한다면 "괜찮"아지는 것이다. 이해하고 돌아보는 일이 삶의 여백이라면 세계와 자신으로부터 너그러워지는 여백의 태도는 삶의 질을 높인다. 시인은 꽃이 모아둔 소리를 듣거나, 담아둔 소리도 넘치지 않게 비워내는(「너머로 뭉근하게」) 온유한 성정을 타고난 듯하다. 그녀의 내면에서 출렁이는 소리는 묵음 같은 고요한 사려思慮를 건네준다.

너는 내 몸속에 흐르는 소리

이른 새벽이면
가끔 그 소리 들리네

온몸 정지시키고
호흡을 멈추고

너의 소리 듣는다

협곡을 돌아 나와

어디론가 가고 있는 너의 소리

…(중략)…

내 몸을 떠난 나의 소리

단 한 번의 노래로 화음 맞춰보고 싶은

— 「너는,」 부분

    화자는 이른 새벽이면 가끔 들려오는 "그 소리"를 듣고 있
다. 자신의 몸속에서 흐르는 소리를 듣기 위해서는 온몸의 호
흡을 멈춰야만 한다. 고요를 지키며 듣는 그 소리, 즉 '너'는
"어디론가 가"고 있는 내 몸을 떠난 나의 소리이자 너의 소리
다. 언제나 미래에서 나를 기다리는 그 별자리는 다시 "미래로
움직이는 별"이 된다. 화자는 단 한 번의 노래로 어디론가 떠
나버린 '너'와 화음을 맞춰보고 싶다는 간절한 소망을 드러낸
다. 그러기 위해서는 내 몸을 떠난 나의 소리를 기꺼이 받아들
여야 한다. 우리는 내 안의 소리를 들을 수도 없지만, 들을 생
각조차 하지 않고 살아간다. 문득 내 안을 들여다보고 싶을 때

모든 숨을 멈춘다면 이미 떠나버린 자신의 묵음 같은 소리를 들을 수 있다. 이미 떠나버렸으니 화음을 맞추는 일 또한 쉽지 않겠지만, 비움으로써 채워지는 비허적 교류의 마음으로 '나'인 '너'의 소리를 들어본다면 고래의 솔리톤처럼 먼 곳에서도 대화를 나눌 수 있을 것이다. 다음 표제시에서도 바닥이 길고 묵직해지는 소리를 들을 수 있다.

> 잔 속에 물이 차오를 때
>
> 잔은
>
> 제 몸을 낮추고 또 낮추며
>
> 물을 받든다
>
> 그래서 잔 하고 그 이름을 부르면
>
> 말의 바닥이 길고 묵직해지는
>
> 종소리 같은 신뢰가 있다
>
> 반쯤 차면
>
> 반은 비워둔 채 가득해지는
>
> 수평선의 저녁처럼
>
> 바다도
>
> 여울의 낙차를
>
> 오롯이 받고 싶어 바다를 낮추고
>
> 굽은 겨울 강 아프게 안아
>
> 반을 채웠다

나머지 반은

허공의 몫이다.

—「잔과 바다」 전문

잔이 물을 받아들이려면 몸을 낮출 수밖에 없다. 잔의 이름을 불러주면 길고 묵직한 말의 바닥부터 믿음의 소리로 차오른다. 이때 종소리 같은 신뢰는 반쯤 비워뒀을 때 더욱 강해진다는 사실을 알 수 있다. 반이 찼다는 건 반이 비워졌다는 것이다. 비워지거나 채워진 반이 누구의 몫이든 중요하지 않다. 비워진 반의 울림이 더욱 큰 소리로 전해져 오는 이유는 반만큼 "제 몸을 낮추고 또 낮추"었기 때문에 가능한 일이다. 공명음이 더 울림이 크게 전해져 오듯, 낮추고 낮추어 여백을 만들었을 때 비로소 깊게 울려오는 종소리 같은 신뢰가 "허공의 몫"을 다 할 수 있게 되는 것이다.

문을 조금 열어 두세요

소리가 드나드는 길에
귀를 대는 누군가 있어요

또 다른 소리가 있어요

길을 잃은 시간이 몰려오네요

　　　　　　　　　　　　　　　 ―「방」 부분

소리가 작은 소리로 더 작은 소리로

어디론가 가고 있다 더 더 작은 소리로

　　　　　　　　　　　 ―「소국이 선 채로」 부분

　말보다 무섭기도(「숲」) 한 소리를 몸속에 가두고 사는 사람
들(「슬도가 그를 찾는다」)이 많다. 화자는 그들에게 방문을 "조
금 열어두"라고 당부한다. 그래야 소리가 드나들 수 있을 테니
까. 일교차가 큰 오후, 소국은 선 채로 말라가고 화자는 뭔가
를 기다리고 있다. 작아져야 갈 수 있는 나라로 가기 위해 소
리는 "더 더 작은 소리"로 간다. 바람이 불어오는 겨울 초입,
국화차를 마셔 보지만 목이 아프다. 간절기를 이겨내지 못한
화자는 준비 없이 선 채로 말라가는 소국 같다. 새 계절을 맞
기 위해 잔뜩 움츠린 작은 소리의 끝자락에 귀 기울이면 들리
지 않아서 더 깊어지는 역설적인 진폭의 힘을 발견하게 된다.
이번 시집을 여는 첫 시 「탑」에서도 "몸집을 줄이고 마음을
덜어"내는 탑의 모습을 발견할 수 있다. "고요의 너른 벌"에 보
이는 것은 허공으로 올라갈수록 작아지는 "소리의 탑"이다.
그 소리는 "더 더 작은 소리"일 때 "비로소 간절해"진다. 시인

의 의식 속에서 재현되는 각각의 소리에는 공(空:반야심경)과 무주심(無住心:금강경)이 담겨 있다. 시인이 형상화하는 소리의 상징은 집착을 버리고 타자를 바라볼 수 있는 '주인공(불교에서 득도한 사람)'의 세계관을 떠올리게 한다.

3. 길을 버리다

시인이 시의 길을 나서는 것은 경험을 순례하는 여정이다. 자아가 써 내려가는 자유로운 삶은 비우고 덜어내는 데서 시작된다. 이때 생의 여백을 넓히기 위해서는 인식의 전환이 필요하다. '법고이지변'과 '창신이능전'은 자기중심에서 벗어나 상대방 입장에서 생각할 때 상생의 가능성이 열린다는 사실을 일깨워준다. 김감우의 시세계는 좋은 방향으로 변한다는 선변善變으로(연암) '타자로 바라보기'를 실현하고 있다. "길을 버릴 때 새로운 문이 열린다(「월평로」)"는 시인의 말에서 깨달음의 길과 위안의 가치를 떠올린다.

이제부터 이 길들 다 덮일 것이에요
그럴 수 있겠지요

밤잠 사이사이로 무수히 생겨나던

피는 자리마다 다시 흩어지던 봄밤

지척이던 당신은 강을 건너고 떠난 길 다 지우네요
나를 지키고 싶었을까요
꽃을 허물고 싶었을까요

…(중략)…

길과 길이 부딪히는 소리가 쩍쩍 갈라지네요
또 다른 길 생겨나네요 미궁으로 빠지는 사건처럼
천 갈래 만 갈래 불안해요

망초가 노래를 잊었네요 황량한 유월
비문 속 사랑가도 먼지 속으로 사라져요

어서 이 길들 다 덮어주세요
초록들 눈치 없이 키를 키우도록 비를 주세요

　　　　　　　　　　　　　　　　　―「立夏」부분

입하는 24절기 가운데 일곱 번째 절기다. 음력 4월, 양력 5
월 6일 전후에 해당되는 입하는 곡우穀雨와 소만小滿 사이에서 여름을 재촉한다. 지금 화자가 바라보는 입하는 "꽃 진 자리 뜨거운 태양 퍼붓"고 "비 한 줄기 간절한 날"들이다. 설치던 밤잠 사이로 흩어지던 봄밤처럼 지척이던 당신은 강을 건너간 길의 흔적마저 지우며 가버리고 없다. 화자는 '당신'이 지우고 떠난 길을 차마 따라나서지 못하고 바라보고만 있다. 당신과 함께 맞던 "그 많던 바람"은 늘어난 잔손금처럼 지쳐 사라진 길을 따라 사라지고 있을 뿐이다. 아무리 달려도 벌어진 거리를 좁힐 수 없으니 길과 길이 부딪히는 소리는 화자의 마음처럼 쩍쩍 갈라진다. 갑자기 바뀌는 계절처럼 한쪽으로 마음이 쏠리는 황량한 유월. '사랑가'까지도 "먼지 속으로 사"라져 버렸다. 화자는 따라갈 수 없는 그 길을 초록들이 다 덮어 지워버릴 수 있도록 비를 내려달라고 애원한다. 집착하지 않는 비움의 마음 상태를 바로 세우기 위해 별리의 길을 "덮어"달라고 주문하는 것이다. 화자는 길을 버리고 사라진 길 위에서 또 다른 새로운 길을 기다리는 '길'의 심정이 되어 보낼 수 없는 당신을 떠나보낸다.

여름밤이

눈 동그랗게 뜨고 지켜보다가

백열등 흔들어 댄다

은밀하게 자라고 있던

나무 한 그루 깨워

벽 뒤에 묶어둔 길 풀어 던져준다

─「별사別辭」 부분

　여름밤은 지금, "은밀하게 자"라던 나무 한 그루를 깨워 "벽 뒤에 묶어둔 길"을 풀어 던져준다. 영문도 모르는 나무는 "한 쪽 다리가 맥비"된 채 현기증이 난다. 하지만 잠자던 자리를 돌아보던 나무는 저린 다리로도 날이 밝기 전에 떠나야 한다는 걸 이내 알아차린다. 백열등이 꺼지기 전 흔들어대는 여름밤과 함께 나무는 "시퍼런 저 강물"을 건너야 한다. 넓어진 강물 소리조차 "서둘"러 떠나라고 "등 떠"밀기 때문이다. 여름밤은 절름거리는 시간과 속도를 잃은 바짓가랑이 앞에서 청맹과니가 된 바람의 비정상적인 모습을 "눈 동그랗게 뜨고 지켜보"고 있다. 여름밤과 나무가 순리를 되찾으려면 가을에게 자리를 내주고 유연하게 떠나야 한다. 하지만 화자는 내주고 떠나는 길이 언제나 힘들다는 것을 알고 있다(「별」). 그래서 서둘러 떠나라고 등 떠미는 넓은 강물에게 남길 이별의 말을 되뇌는 것이다. 비워줄 때 새로운 계절을 얻는다는 진리 앞에서 비켜줄까 추월할까 망설이는(「오후」) 화자가 남기고 싶은 별사는 어떤 말일까.

4. 메타시가 재현하는 시의 말

　김감우의 이번 시집에는 메타시가 다수 보인다. 메타시는 시를 쓴 시인과 관련하여 '시에 대한 시, 시 쓰기에 대한 시'로 정의된다. 메타시 논의가 처음 제기되었을 때 메타시는 시대적인 절망의 표현이자 근대 시학의 궁지라고 받아들여졌다. 시인 자신의 시나 시 창작과 관련하여 시적 언어 그 자체인 대상에 초점을 맞춘 메타시를 '재현성(권혁웅)'이라고 볼 때, 김감우의 메타시에서는 시적 언어 자체인 대상에 초점을 맞춘 재현성을 발견할 수 있다.

　노래는

　끊어질 듯 이어지는

　잔 물줄기 같다

　자주 드러눕는 몸을 닮았다

　데미샘에서 나서는

　고향의 강 상류처럼

　굽이마다 휘돌아 나오며 우는 법이

　그의 시다

　그 시의 통점에서 나는

　쉬어 갈 수밖에 없다

강은 흐르면서 노래가 되고

역사가 된다

내 울음소리를

어디쯤 배치할까를 고민하는 사이

시인의 노래는 이미 바다 물목에 들었다

가장 느린 노래가 가장 멀리까지 닿는다

그래서 시인의 노래는 귀를 바짝 대야 들린다

—「시인」전문

위 시에서 '시인'은 '그'다. '그'는 "자주 드러눕"기도 하고,
"휘돌아 나오"며 울기도 하는 '노래'로 은유되어 있다. '시인'인
'그'는 잔 물줄기에서 바다 물목까지 드는 '노래'이고 '강'이다.
화자가 자신의 울음소리를 배치하고 싶어 고민하는 사이 이미
강의 노래는 바다에 든다. 가장 느린 강이 가장 먼 바다까지
닿는다는 것을 알고 있는 화자는 "시인의 노래"를 듣기 위해
귀를 가까이 대본다. 이 메타시에서는 시적 언어 자체인 대상
에 초점을 맞춘 '재현성'을 발견할 수 있다. 끊어질 듯 이어지
는 노래는 물줄기이며 강줄기로 굽이굽이 우는 소리로 세상의
굴곡을 휘돌아 나온다. 느린 물줄기에 닿기 위해 귀 기울이는
화자(시인)는 몸속 독의 기운을 빼낸(「독」) 청정한 노래이며
강물이다. 울어대는 시의 통점에서 시인 자신은 쉬어갈 수밖

에 없음을 고백한다. 강은 흐르면서 시인의 노래가 되고 그 노래는 바로 시의 역사가 된다는 사실을 알고 있기 때문이다.

우물의 깊이를 통과한 나무의 말을

시 한 편으로 제게 들려주시던 날

그날 수남촌에서 그 우물가에서

―「편지 ― 수남촌에서」 부분

삶은 오늘도 죽음을 노래하였다는

당신의 시에 바람이 꼬리를 물고

휘돌고 있네요 아득해지네요

나의 유년도 다 풀어놓고

나의 청년도 다 풀어놓고

오늘, 여기 이 마당에서

―「편지 ― 윤동주 생가」 부분

위 두 편의 편지에도 시詩가 등장한다. 시인은 윤동주 생가와 수남촌을 다녀와 두 편의 편지를 쓴다. 화자는 수남촌에서 "깊고 오래된 시 한 수"를 읽고 있다. 은유 가득한 그 이야기는 나무와 우물의 설화적인 요소가 담긴 대화다. 화자는 수남촌 마을 중앙에 심은 나무의 말이 "우물의 깊이를 통과한 예언"이

되었다는 사실이 경이롭기만 하다. 나무가 뿌리를 잘 내리도록 말벗 우물을 두었다는 가르침을 한 수 배우고 있다. 수남촌 우물가에서 나무와 우물이 나누는 아름다운 대화는 한 편의 시로 탄생하고, 화자는 나무가 들려주는 시를 들으며 비바람에도 나무가 "늘 고요"할 수 있었던 평정심을 깨닫게 된다. 시인이 수남촌에 보내는 편지는 나무가 전해준 말에 대한 답시이자, 둥치가 잘려도 큰 뜻을 지켜낸 나무에 대한 존경의 마음이다. 수남촌에 보내는 편지는 나무 한 그루에도 우물이 필요하듯, 인간에게도 마음을 나눌 곁이 필요하다는 의미를 되새기게 한다.

연변 용정의 윤동주 생가에서 시인은 윤동주에게 편지를 쓰고 있다. 마당 가득 뛰어노는 윤동주의 시를 부르며 별송이와 흙마당의 흔적을 짚어간다. 모든 죽어가는 것을 사랑하겠다던 윤동주의 시, "삶은 오늘도 죽음의 서곡을 노래하였"다는 문장을 편지로 전해준다. 윤동주 생가 마당에 유년과 청년을 풀어놓은 화자는 "죽음을 노래"한 시의 꼬리를 물고 휘도는 바람처럼 아득해진다.

모든 시간적 존재는 머물지 않고 매 순간을 흘러간다. 수남촌 나무와 우물이 나누는 이야기도, 윤동주 생가 마당에서 뛰어노는 시의 순간도 흘러 흘러서 시인의 앞을 지나가고 있다. 시인은 순간이 비워준 그 순간을 포착하여 편지를 완성한다.

지금 이 순간 편지를 채운 문장들도 정주하지 않고 자신을 비우며 흘러간다. 위 두 편의 편지에서는 시 속에서 고래를 만난 그날처럼(「고래, 크로키」) '시인'이라는 자부심으로 들뜬 화자를 만날 수 있다. 시인 김감우, 그녀는 비워진 '틈'(「틈」)에서 건져 올린 감정과 기억과 감각을 버무려 詩 한상을 풍미 있게 차려내고 있다.

5. 분별하는 마음자리

　시적 표상 공간에 시인의 경험이 개입될 때 그 시학은 새로운 가치를 획득한다. 김감우의 시는 덜어내고(「탑」) 빠져나가고(「고수」) 피해가고(「자리」) 비워낸다(「너머로 뭉근하게」). 이들 동사들은 시인의 삶에서 피해갈 수 없는 경험을 반영한 결과물이다. 문학은 인식의 산물이다. 그래서 자기 살을 파먹고 사는 사람을 작가라고 하는 걸까.

　김감우의 시는 시인이라는 존재가 남아 있지 않도록 다 비워낸 고요한 세계다. 시인의 시가 말갛게 지워지거나(「오후」) 무게를 덜어내는(「분홍」) 공간은 클라인의 병처럼 막혀 있지만 열려 있는 중첩된 이미지로 형상화된다. 김감우는 자신을 비워 무無를 채워가는 태도를 담지하고 있다. 분별을 비우는 마음자리에서 일상의 여백이 만들어진다는 사실을 인지한 것이다. 김감우가 운용하는 시의 말은 친근한 주변 소재를 차용한 소소한 일상에서 비롯된다. 그녀가 형성해 온 삶은 비움 의식의 중심에 뿌리를 내린다. 이는 타자와 공존하고 상호주관성을 작동시키는 동인이 된다. 김감우의 시는 열린 관계 속에 섬세한 지적 유희를 내재하고 있다. 김감우의 시적 태도는 비움으로써 자신의 시세계 안으로 들어오도록 허락하는 자기비허로 궁핍한 시대를 회복시키는 절대적 힘을 가진다. 이번 시집에서는 자신을 줄여 생긴 공간에 자기와 다른 사람이 들어올 수 있도록 허락하는 탄력적인 내면 사유를 만날 수 있다.

삶을 잘 다스리는 사람에게는 죽음의 땅이 없다(노자). 김감우 시인이 막을 올린 무대에서 생명의 노래가 들려온다. 노래가 된 그녀의 마지막 말이 (「올가을 비가 짧아, 차암 짧아」), 바다 물목에 든 시인의 노래(「시인」)가 리타르단도Ritardando로 점점 더 느리게.▨

| 김감우 |

2016년 『열린시학』으로 등단했다. 시집으로 『바람을 만지며 놀다』
가 있다. 현재 울산문인협회, 울산펜문학 회원이며, 봄시 동인으로
활동하고 있다.

이메일 : kjs4451@hanmail.net

현대시 기획선 119
잔과 바다

초판 인쇄 · 2024년 12월 12일
초판 발행 · 2024년 12월 19일
지은이 · 김감우
펴낸이 · 이선희
펴낸곳 · 한국문연
서울 서대문구 증가로29길 12-27, 101호.
출판등록 1988년 3월 3일 제3-188호
편집실 | 서울 서대문구 증가로31길 39, 202호
대표전화 302-2717 | 팩스 · 6442-6053
디지털 현대시 www.koreapoem.co.kr
이메일 koreapoem@hanmail.net

ⓒ 김감우 2024
ISBN 978-89-6104-375-5 03810

값 12,000원

* 이 책은 울산광역시, 울산문화관광재단의 '2024년 예술창작활동 지
원사업'의 지원을 받아 발간되었습니다.

* 잘못된 책은 바꾸어 드립니다.